GUÍA DE LECTURA

Escrita por Fabienne Gheysens
Traducida por Laura Soler Pinson

La noche de los tiempos

de René Barjavel

Entiende fácilmente la literatura con

ResumenExpress.com

www.resumenexpress.com

PARA IR MÁS ALLÁ 19

RENÉ BARJAVEL

ESCRITOR Y PERIODISTA FRANCÉS

- **Nacido en 1911 en Nyons (Francia)**
- **Fallecido en 1985 en París (Francia)**
- **Algunas de sus obras:**
  - *Destrucción* (1943), novela
  - *La noche de los tiempos* (1968), novela
  - *El gran secreto* (1973), novela

René Barjavel es un periodista y escritor francés nacido el 24 de enero de 1911 en Nyons. Sus obras más famosas son novelas de ciencia ficción: *Destrucción* (1943), *La noche de los tiempos* (1968) y *El viajero imprudente* (1944). Pero también ha escrito ensayos como *La faim du tigre* (en español, *El hambre del tigre*) o guiones de películas. Su obra plantea preguntas filosóficas que guardan relación con la ciencia, el progreso, el tiempo, el ser humano e incluso Dios. Fallece en 1985.

LA NOCHE DE LOS TIEMPOS

UN CLÁSICO DE LA CIENCIA FICCIÓN FRANCESA

- **Género:** novela de ciencia ficción
- **Edición de referencia:** Barjavel, René. 1969. *La noche de los tiempos*. Traducido por Dosia Piñeiro Pearson. Buenos Aires: EMECE Editores. E-book en PDF
- **Primera edición:** 1968
- **Temáticas:** inmortalidad, ciudad desaparecida, ciencia, viaje en el tiempo, amor

La noche de los tiempos, obra publicada en 1968, era originalmente el guion de una película cuyo presupuesto habría sido demasiado elevado. La historia es la siguiente: una expedición científica al Polo Sur descubre las ruinas de una civilización avanzada y una pareja durmiendo bajo el hielo. Los científicos logran despertar a la mujer, Eléa, que les cuenta los últimos días de la civilización a la que pertenecía y su lucha para permanecer junto al hombre que amaba, Paikan. Mientras tanto, todo el planeta espera la reanimación del hombre que la acompaña para que les enseñe la ciencia avanzada de su país. *La noche de los tiempos* es una de las novelas más vendidas de Barjavel y un clásico de la ciencia ficción francesa.

RESUMEN

LA EXPEDICIÓN CIENTÍFICA

El relato empieza con las palabras del doctor Simón, que vuelve a casa tras haber perdido a la mujer a la que ama. Cronológicamente, este monólogo tiene lugar después de la historia principal que se presenta a continuación.

Simón está terminando una misión en la Antártida cuando una epidemia de sarampión le obliga a acompañar a un puñado de científicos a una porción francesa del territorio, el punto 612. Allí, todos los aparatos revelan unas líneas en el suelo, demasiado perfectas como para ser naturales, y la mejor sonda existente percibe un ultrasonido. Así, Simón y otros compañeros van a París para pedir más material. Con este viaje, Simón se da cuenta de que ya no tiene prisa por volver a la civilización. El supervisor de la misión francesa recurre a la comunidad científica internacional y los medios de comunicación empiezan a manifestar interés. La familia francesa media, representada por los Vignont, se muestra indiferente.

Cuando vuelven a la Antártida, se instalan varias bases científicas: E.P.I. 1, 2 y 3. Inician entonces las excavaciones y uno de los primeros descubrimientos es un pájaro exótico. Un poco más abajo, descubren unas ruinas que se hacen añicos cuando se extraen del hielo. A continuación, se descubre arena y, en medio de esa arena, hay una gran esfera dorada junto a una excavadora. De ahí proviene el ultrasonido. Logran abrir la esfera y en su interior hace frío. La exploración es complicada: un movimiento en falso hace que todo lo que no es oro puro en la esfera se funda. Tras haber aspirado el polvo, los científicos descubren una segunda esfera, el Huevo.

ELÉA

Simón se encuentra cara a cara con la mujer de la que hablaba en el monólogo que abría el relato. En efecto, en el Huevo, hay un hombre y una mujer enmascarados que se conservan en helio líquido, a una temperatura de cero absoluto. Se tiene la esperanza de que, por su buen estado, será posible su reanimación. Los científicos deciden empezar por la mujer, que parece estar en mejor condición. Cuando le quitan la máscara, Simón se enamora inmediatamente. Ella se despierta, pero enseguida se desmaya. En su lado del Huevo, encuentran objetos que seguramente le estaban destinados, como un arma que enseguida todo el mundo codicia. Por fin despierta la mujer y Simón escucha su nombre: Eléa. La joven no logra comer hasta que la traductora, un superordenador, traduce sus palabras: solo come a través de la comida-máquina.

Una vez que ha recobrado fuerzas, pregunta por un tal Paikan y Simón le informa de que lleva durmiendo 900 000 años. Eléa sufre un ataque de nervios. Cuando se calma, los científicos le hacen preguntas acerca de la comida-máquina; ella responde que funciona con energía universal, gracias a la ecuación de Zoran. Su compañero dormido, que ella cree que es Coban, podría explicarles cómo funciona.

GONDAWA

Mientras que los científicos intentan despertar al que debería ser Coban, Eléa describe su mundo. La Tierra estaba inclinada de otra manera; la Antártida era entonces Gondawa, una de las dos grandes potencias mundiales, y la otra era Enisorai, situada en la actual América. Gracias a un casco transmisor de pensamientos, Eléa enseña a los científicos los estragos de una guerra eterna entre los dos países. Por otra parte, se descubre que el supuesto Coban está recubierto de quemaduras. Todo el mundo ansía acceder a los conocimientos de este último.

Eléa describe su Designación, es decir, el día en el que recibió su llave (una especie de anillo) y conoció a Paikan, la pareja que el ordenador escogió para ella. Forman una pareja perfecta. La llave permite que obtengan todo en Gondawa e impide la fecundación. Eléa muestra sus últimos días con Paikan: de repente, se ha declarado la guerra en la Luna y los estudiantes se manifiestan en contra del conflicto. Se anuncia la movilización y Coban le pide a Eléa que acuda a la universidad. Llega allí junto con Paikan, pero los separan. Coban le anuncia que ella y él han sido los especímenes elegidos que deben ser conservados en un refugio para evitar la desaparición total de la civilización gonda.

Mientras los científicos descubren sobre las paredes del Huevo inscripciones que hablan de la ecuación de Zoran, que podrían ayudarles a entenderla sin la ayuda de Coban, Eléa describe su huida junto a Paikan para escapar de Coban y morir junto a su amado. Ya no tienen sus llaves, así que un mendigo los ayuda y logran alcanzar la superficie; sin embargo, no pueden ir más lejos. Tras haber hecho el amor una última vez, Paikan deja inconsciente a Eléa y la lleva hasta Coban. Los científicos adivinan cómo continúa la historia a partir de aquí: Gondawa lanza un arma lo suficientemente destructora sobre Enisorai como para que cambie el eje de la Tierra.

Mientras Eléa está acabando su relato, el corazón de Coban vuelve a latir, pero le sangran los pulmones; solo la sangre de Eléa es aún compatible. Todo el mundo contiene la respiración.

LA CATÁSTROFE FINAL

Tras este relato, los científicos, emocionados, prometen promover la paz universal. Incluso la científica rusa Leonova y el estadounidense Hoover planean casarse. Frente a la depresión de Eléa, Simón se le declara; está halagada, pero lo rechaza.

Cuando el ordenador está a punto de traducir la ecuación de Zoran que había en las paredes, Hoover, un científico, se da cuenta de que alguien ha trucado la máquina: el constructor de la traductora, Lukos, quiere matar a Coban y dar la primacía del descubrimiento a alguien a quien jamás conocerán. Entonces, Eléa acepta donar sangre a Coban para despertarlo sin riesgo. Simón se pone el casco transmisor de pensamientos que usaba Eléa para poder determinar cuándo recobra el conocimiento Coban. Entonces, se da cuenta de que no es Coban, sino Paikan quien ha dormido junto a Eléa todo este tiempo. Cuando Simón quiere avisar a Eléa, ve que esta se ha envenenado, y arrastra a Paikan a la muerte. Los científicos tienen que evacuar la base.

En todo el mundo, los estudiantes se unen en las calles para protestar contra los poderes políticos que no han sabido llegar a un acuerdo, y para salvar a Paikan y a Eléa, y gritan el «no» de los estudiantes gondas: «¡Pao!»

ESTUDIO DE LOS PERSONAJES

SIMÓN

El doctor Simón es alto, delgado y moreno. Es el narrador de los pequeños capítulos en cursiva que tienen lugar, cronológicamente, tras la muerte de Eléa. Le imprime un tono pesimista a su relato, y esto nos anuncia la catástrofe que está por llegar.

Va a trabajar a la Antártida sin un objetivo fijo y se enamora a primera vista de Eléa. No se mueve, como los demás, por preocupaciones realmente científicas; sus decisiones vienen motivadas por el bienestar de Eléa. Su amor es a veces egoísta y sus ataques de celos lo llevan a una cierta crueldad. Pero logra establecer un contacto: es el único hombre moderno al que Eléa presta atención. Aun así, no consigue convencerla de seguir viviendo y de mirar hacia el futuro. Según parece, acaba destrozado por la muerte de Eléa.

ELÉA

Eléa es una joven que ha dormido durante 900 000 años y que se despierta en la época contemporánea. Cuenta el final de su civilización a los científicos, pero el mundo moderno no le preocupa. Solo le interesa su amante, Paikan, que cree que está muerto. Se lo había asignado un ordenador, era su alma gemela y se niega a vivir sin él.

En la novela, se describe profusamente la belleza física de Eléa: su piel es morena, sus cabellos, castaños, sus ojos, azules oscuros, y su cuerpo está perfectamente proporcionado. Todos los hombres parecen desearla. Pero aun cuando fue elegida para perpetuar la raza gonda por su belleza, también es muy inteligente; mentalmente, es más ágil que los humanos modernos.

Para ella, solo cuenta su amado; le importa poco la supervivencia de Gondawa si Paikan está muerto.

COBAN

Este científico era el hombre más inteligente de Gondawa. Por lo tanto, las grandes potencias modernas ansían conocer todo sobre él porque podría explicar la ecuación de Zoran, que permite crear a partir de la nada.

Ante el alcance de la guerra entre Gondawa y Enisorai, decide depositar en un refugio todo el saber acumulado por Gondawa y esconder a dos supervivientes que serán los encargados de perpetuar la especie. Con esto no intenta salvarse a sí mismo; es un pacifista que incluso sugiere que se permita que Enisorai destruya Gondawa sin que esta replique. Así, al menos, Enisorai sobreviviría. Ante lo inevitable, la supervivencia de los conocimientos gondas es lo más importante.

PAIKAN

Paikan es el amante de Eléa, dispuesto a todo para quedarse junto a ella. Pero cuando parece que ya no existe una solución, la lleva hasta Coban para que al menos ella pueda vivir. A continuación, tenía la intención de suicidarse, pero cuando fracasa, culpa a Coban en un acceso de rabia y toma el lugar de este último. Es rubio, de piel morena, y es tan apuesto como Eléa, con quien se entiende a la perfección.

LEONOVA Y HOOVER

Esta rusa, delgada, y este estadounidense, rollizo, forman parte del equipo de científicos encargados de despertar a Coban y a Eléa. Provienen de dos naciones en guerra, pero olvidan sus diferencias cuando escuchan la catástrofe que hizo desaparecer a Gondawa.

LA FAMILIA VIGNONT

Esta familia francesa corriente sigue por televisión los progresos de la expedición. Sus reacciones son las de las masas populares: el padre se muestra indiferente, la madre y la hija están emocionadas y el hijo se rebela y se marcha a manifestarse en la calle junto con otros estudiantes.

CLAVES DE LECTURA

UNA NOVELA DE CIENCIA FICCIÓN

La noche de los tiempos está considerada una novela de ciencia ficción, es decir, una novela que parte de datos científicos conocidos y, con ellos, construye un universo diferente al nuestro. Debemos señalar que René Barjavel está considerado un pionero de la ciencia ficción francesa, puesto que sus primeros libros (como, por ejemplo, *Destrucción*) se publicaron antes que las traducciones de las novelas anglosajonas que inspiraron a los autores franceses. De hecho, Barjavel denominaba a sus primeros libros novelas «extraordinarias».

Las hipótesis científicas en las que se basa Barjavel son las siguientes: inventa un ordenador capaz de interpretar simultáneamente los discursos, crea un «plaser» que puede perforar los materiales más duros, y esto hace que sea posible realizar una expedición polar que nunca se sitúa de manera precisa en el tiempo; también imagina una sociedad mucho más avanzada que la nuestra, pero la ubica en el pasado. Simón, en uno de sus apartes en cursiva, expone la idea de Barjavel: la civilización humana no evoluciona necesariamente hacia algo mejor y puede que hayamos dejado muy atrás nuestra edad de oro.

En *La noche de los tiempos* encontramos varios temas típicos de la ciencia ficción de la posguerra, en especial, el miedo a que el progreso tecnológico provoque una guerra totalmente devastadora para la humanidad. Pero hay otros temas que están presentes en esta novela y que la acercan más a un público menos amante de la ciencia ficción.

EL MITO DE LA CIUDAD DESAPARECIDA

No es nueva la idea de una civilización avanzada que desaparece tras una catástrofe natural. Se puede establecer una relación con el mito de la Atlántida, tal y como Platón lo describe: este mito supone la existencia de un continente que los dioses hundieron en el Atlántico para castigar a sus habitantes, que contaban con una civilización muy avanzada, pero cuyas costumbres eran promiscuas. Aunque es obvio que hay una parte imaginaria en este mito, sí que es cierto que los científicos intentan establecer una base real, como por ejemplo, una ciudad que desaparece tras un terremoto. Efectivamente, resulta tentador buscar en estas historias la huella de las alteraciones que ha sufrido el relieve terrestre.

Esto es lo que hace Barjavel: se basa en la teoría científicamente aceptada que sostiene que los actuales continentes son el resultado de la fractura y deriva de los supercontinentes de la prehistoria, y sitúa en el antiguo Gondwana el país de Gondawa (con una similitud de sonidos evidente). Añade, además, una teoría mucho más polémica: la de un cambio en el eje de rotación de la Tierra, y lo atribuye en su libro a la terrorífica arma solar de Gondawa. A continuación, lo adorna todo con ideas totalmente fantásticas, como la de que los negros son extraterrestres.

Pero Gondawa tiene para Barjavel la misma función que la Atlántida para Platón: le permite imaginar su modelo de sociedad ideal. No hace falta buscar el alma gemela, puesto que un ordenador se encarga de hacerlo; no hace falta trabajar, puesto que el dinero no existe y todo el mundo está en igualdad de condiciones; para terminar, las ciudades de Gondawa viven en armonía con la naturaleza. Sin embargo, al igual que ocurre en la Atlántida, estalla la guerra en Gondawa, y esto nos lleva a pensar que sean cuales sean los avances científicos de una civilización, su decadencia se debe sobre todo a la naturaleza del ser humano.

UNA TRÁGICA HISTORIA DE AMOR

No solo se presta una gran atención al funcionamiento de Gondawa, sino también a la historia de amor entre Eléa y Paikan. Se trata de un amor completo, que trae una felicidad y una tristeza sin parangón. Podemos establecer una relación con Romeo y Julieta si nos fijamos tanto en la fuerza de su pasión como en el trágico desenlace. Es un amor al que uno no puede sobrevivir. Además, Romeo y Julieta son jóvenes cuando se conocen; por su parte, los gondas son representados como los adolescentes de una humanidad que entrará enseguida en declive, y su absolutismo es el de la juventud. Por último, el trágico final podría haberse evitado, como el de Romeo y Julieta: Paikan, como Julieta, ha encontrado la forma de quedarse junto a la persona que ama, a pesar de que el destino se ensaña con ellos, pero Eléa, que como Romeo desconoce la estratagema de su otra mitad, se suicida y condena a Paikan a la muerte. Esta historia terriblemente romántica elimina de la novela esa parte que a veces podría resultar demasiado técnica y que envuelve a la ciencia ficción. Para terminar, señalaremos que la candidez con la que Eléa describe las escenas de sexo vendría a representar la inocencia de estos jóvenes humanos.

UNA DENUNCIA DE LOS PROBLEMAS CONTEMPORÁNEOS

Estos temas (la historia de amor y la civilización mítica desaparecida) alejan a este libro de la ciencia ficción, pero aún así, *La noche de los tiempos* tiene algo en común con una multitud de obras de este género: utiliza un decorado futurista para hablar de problemas totalmente contemporáneos. Así, la carrera armamentística entre Enisorai y Gondawa recuerda a la que se libró entre la URSS y los Estados Unidos en el momento cumbre de la Guerra Fría. De hecho, la Guerra Fría comienza con el tema de la luna de trasfondo, como ocurre en la guerra que enfrenta a Enisorai y a Gondawa: los Estados Unidos y la URSS emprenden una carrera para llegar en primer lugar hasta nuestro satélite. Además, el razonamiento de Gondawa para construir el arma solar que destruirá a casi toda la humanidad es el de los países que poseen bombas atómicas: no se trata de hacer la guerra, sino de disuadir al enemigo de que ataque, infundiéndole miedo. El destino trágico de Enisorai y Gondawa es un aviso contra el miedo del otro que lleva a las naciones poderosas a armarse cada vez más y a poner en peligro la Tierra. Además, las Naciones Unidas se muestran incapaces de llegar a un entendimiento para que toda la Tierra pueda beneficiarse de los conocimientos de Coban, lo que indica el egoísmo intrínseco del hombre.

Otro punto sobre el que el propio Barjavel llama nuestra

atención en una nota a pie de página es la anticipación a las manifestaciones estudiantiles de mayo del 68. Este es el mensaje de esperanza del libro: tal y como hacen los estudiantes gondas que se rebelan contra la decisión de su gobierno de ir a la guerra, los estudiantes modernos protestan contra las decisiones arbitrarias de los gobiernos mundiales que han provocado la desaparición de Eléa y las ruinas de Gondawa. Es probable que Barjavel se inspirase de las manifestaciones en los Estados Unidos en contra de la guerra de Vietnam. En cualquier caso, debe recalcarse el homenaje que esta novela rinde a la juventud y a su deseo de lo absoluto, al erigirlos como los únicos medios para evitar que se repitan constantemente los mismos errores.

PUNTOS DE VISTA MÚLTIPLES

Merece la pena que nos detengamos en la estructura del libro. El primer capítulo, escrito en cursiva, está narrado por Simón en primera persona, tras los hechos; el siguiente, en tercera persona, parece iniciar la narración de la expedición en un orden cronológico. Por lo tanto, nos encontramos frente a dos perspectivas: la de Simón, dedicada por entero a su amor por Eléa, y otra a primera vista neutra, científica.

Pero la evolución de la historia se ve interrumpida con frecuencia para dejar sitio a las reacciones que la gente del planeta tiene sobre los descubrimientos en la Antártida. Puede tratarse, por ejemplo, de una reunión de la ONU para decidir a quién pertenecerá el oro de la esfera: tiene sentido incluir esta escena, puesto que esta decisión influye en la expedición, que necesita ayuda internacional. Otras escenas, como la decisión de un millonario de prestar sus ordenadores, muestran que la humanidad está a punto de dejar a un lado su egoísmo para explorar su historia. Pero son sobre todo las reacciones de la gente que no tiene ninguna influencia en la historia las que son importantes. Así, unos jóvenes deciden crear música a partir de los latidos del corazón de Eléa y, sobre todo, seguimos al hijo de los Vignont, desde su apatía inicial hasta su rebeldía en las últimas páginas. Gracias a él, vemos hasta qué punto el descubrimiento ha afectado a la humanidad entera, que se ve obligada a plantearse preguntas que la incumben. Es también una manera de ilustrar la entrada en la era de la comunicación, puesto que, aunque internet no existe en el mundo representado, las informaciones circulan sin problema desde la Antártida hasta Francia. Queda la esperanza de que así el hombre no tendrá la posibilidad de refugiarse en la indiferencia frente a un ser cercano que no ve.

PISTAS PARA LA REFLEXIÓN

ALGUNAS PREGUNTAS PARA PROFUNDIZAR EN SU REFLEXIÓN...

- ¿Cree usted que la atención que se pone sobre la belleza de Eléa y sobre sus relaciones con Paikan guarda relación con el cambio de mentalidad acerca de las relaciones amorosas en los años sesenta?
- ¿Por qué cree usted que no se nos explica quién ha pedido a Lukos que sabotee la Traductora y mate a Coban?
- Compare los sentimientos de Simón, de Paikan y de Eléa. ¿Aman todos de la misma manera?
- Amor contra ciencia: compare las razones de Coban y de Eléa para entrar o no en el refugio. ¿Piensa que Eléa es egoísta? ¿Que Coban no tiene corazón?
- ¿Por qué es Gondawa una sociedad ideal? ¿No existen algunos elementos que contradicen esta imagen idílica?
- ¿Qué representa el matrimonio de Leonova y de Hoover? ¿Por qué tienen más importancia que los demás científicos de la expedición?
- Compare la historia de Paikan y Eléa con la de Romeo y Julieta.
- ¿Por qué se nos presentan las reacciones de la familia Vignont?
- ¿Qué elementos del relato pueden relacionarse con el contexto de los años sesenta?
- ¿Qué convierte a esta obra en una novela de ciencia ficción y qué la diferencia de este género?

¡Su opinión nos interesa!
¡Deje un comentario en la página web de su librería en línea,
y comparta sus favoritos en las redes sociales!

PARA IR MÁS ALLÁ

EDICIÓN DE REFERENCIA

- Barjavel, René. 1969. *La noche de los tiempos*. Traducido por Dosia Piñeiro Pearson. Buenos Aires: EMECE Editores. E-book en PDF.